歌集

誰彼《たそがれ》

原田夏子

現代短歌社

目次

うつろひ

うつせみ

カバー写真

わが露地　原田夏子

誰彼《たそがれ》

うつろひ

節分

限りなき闇の底より吹き上ぐる風に向かひて強く豆擲《う》つ

広がれる闇に向かひて豆擲てば嗤《わら》ふがごとき風吹き上ぐる

徒らに煩悩の日日重ねゆき今宵無明の闇に豆擲つ

豆擲ちて果して何を追ひやらむ無明の闇の限りも知らず

月も星もなき夜の闇の深くして煩悩の風吹き募りつつ

節分の今宵と聞けば優しきに冥く厳しき風吹きしきる
わが住居めぐれる風の冥けれど一夜を経なば春といふべし

さいかちの沼

みちのくのさいかちの沼春の陽のいまだ薄らに芽ぶきかねつつ

わづかにも菫の花のいのち冴えさいかちの沼遠き陽の色

材木の切株多き湿地帯芋鍋はやく沸き立ちてきつ

春の鳥啼けども昼を乾きつつ沼沿ひの道通るものなし

人のゐぬ採石場の薄ら陽に浅き思ひのたゆたひてあり

早春の海

起きぬけに常ながむらし少年の今朝声あげて指す光る海

遠空のもと一線の光あり早春の海を裸眼にとらふ

晴れし日は遠空のもとに海は見ゆ幻のごと光あふれて

遠き海に春の光の見ゆる朝紅茶の香り高き食卓

遠空にみなぎる海の光あり胸はりて子らの登校しゆく

文殻

しろがねの鋏するどく陽をかへし切り刻みゆくわれの文殻

こまごまと切り刻まるる文殻の思ひはてなきみちのくの空

切り刻む思ひは歪みかしぎつつ指の間《あひ》よりこぼれ尽きざる

一字づつ切り刻みゆく刃先より陽にきらめきて落つるは何ぞ

刻まれて刻まれて落つる思ひゆゑ光目に沁む早春の空

老木の桜

舞ひ来たる桜花びら見回せど真昼の空の広がるばかり

吹き溜る桜花びら廃屋に棲みゐしものの足跡を消す

夕暮れを咲きしづもれる桜花いろ青ざめて淵覗きをり

樹木医に労られつつ咲く桜花かげ冥きことを嘆かず

大通り隔つるかなた老木の桜のありと聞けば尋ねむ

花の季

ゆれ動く心のおくに冷え透る宵なれされどしんと咲く花

誰も彼も口重くなる会果てて冷えゆく宵の花淡く咲く

道の隈しだれ桜のしんとして動かぬ花に冥みゆく世よ

冥みゆく世のたまゆらを白白と辛夷の花はここだ咲けるも

墨色の空に聳えて冷えしまま春さりくれば花に遇へるも

花の季みじかく移りゆかむとす取り澄ましたる家並つづきて
ゆくりなく思ひいづればかなしかりあるかなきかの花の香のして
綿綿とつきぬ思ひの文にして午後より荒き風に変はれる

大学の庭

クラブ勧誘のポスター創意に充ちて立つ大学の春闌けむとしつつ

馬術部の入部勧誘ポスターの馬も戯《おど》ける大学日和

ゆるやかに姿態変へつつ流れゆく雲の広がる春の大学

うす雲の広がりゆきて大学の午後ひつそりと楯並びゐつ

春光のきらめく楯に守るもの見定めがたしリラ芽吹く庭

全学連赤旗立てて歌ひゆく大学の庭春日うらうら

渦巻デモ・ジグザグデモの若者ら寡黙に学ぶ少年の窓

教養部集会つづき少年の窓いつまでも灯ともしてをり

春嵐に身も世もあらず震ふ樹樹ロックアウトの大学の庭

激しくもデモ繰りかへす若者らひたすらにして春を逝かしむ

大学の研究棟の屋上の赤旗は夜の闇にまぎれず

眼に著《しる》くなほ立つ赤き旗にして大学の庭のシュプレヒコール

〈闘争勝利〉くりかへす声のあたりより冷たき風の流れきたりぬ

投石音・ライト点滅一しきりし子細はわかね夜の大学

望郷

ふるさとの山梨の野に咲き揃ふ桃の花見に誘《いざな》ふ電話

桃の花下照る道に出で立たむふるさと遠き空の耀ひ

見の限り桃の花畑眼裏にあかるき春の日を受けて咲く

常ならば心も軽き桃の花春のあらしに色喪ふも

ふるさとの山梨の空くらくら見ゆ炙り出さるる汚職脱税

政治不信高まる野辺に咲きいづる桃の花さへ罪あるごとし

激しかる風に揺らるる桃の枝にひしとすがれるくれなゐの花

紅の桃の花いろ目にためて翔ぶ鳥もあらむふるさとの空

混迷の空はてしなし桃の花見に来《こ》と誘ふ声きよかれど

ふるさとに残る少なき親族の声も老いたる受話器を放す

梅雨空

花の季来れりと告ぐ沙羅の木の落花ひとつ拾ふ梅雨空

梅雨空のかなしみ多き夕ぐれを沙羅の大木の落とす白花

出口なき思案にくるる水無月を沙羅の落ち花露地にふえゆく

訪るるものなきひと日と思ふにも身に近く沙羅の花は落ちつぐ

梅雨空に結ぼふる心ありやなし沙羅の蕾はなほ葉がくれに

白花浄土

高だかと枝葉広ぐる沙羅の季　露地に落ちつぐ白花浄土

沙羅の木の落としつづくる花殻の埋めつくす露地誰《た》が通ふにか

沙羅の花あしたに目覚め夕べには落ちむ心の見ゆる日日　あめ

沙羅の花あまた落ちつぐ露地なれば白き愁ひの積りてゆける

鷗外にならひて植ゑし沙羅の木の大樹となれる月日茫茫

沙羅の花あまた咲きては落つる日日憂世の色を白く染めつつ

高枝より思ひ切つたる沙羅の花飛び降り露地に重なる骸《むくろ》

沙羅の若木つひに大樹となりゆける月日思へば眼裏あつし

咲きてゐる時は短し沙羅の花すなはち落つる運命《さだめ》もつ身に

残り花少なくなりて沙羅の木の悄然として夕影の濃し

「一抜けた」　国語学者　壽岳章子さん

「一抜《いちぬ》けた」朗らかな声そらになほつくつく法師鳴くはいづくか

曇天のかなたより来し訃報なれ沙羅の花ばな青ざめて落つ

その臨終《いまは》想ふすべなし独り身のされど賑やかなりし一生《ひとよ》の

「両親の愛の結晶のわたくしよ」「よく言ふはね」と笑ひしかの日*

*父壽岳文章・母壽岳しづ

ともどもに出陣学徒を見送りし宮城野原は萩も枯れゐき

敗戦をはさむ三年《みとせ》の仙台よ大学よ語り尽くせぬものを

東京のステーションホテルの長廊下追ひかけゆきて会ひ得たる夏

男ことば女ことばの保守性を衝きし眸のひかりはいまも

京ことば優しげなれど革新の車の上に手を振りゐたり

著述あまた遺れど儚《はかな》うつし身は京のみやこの巷に消えて

退職のお別れ会を主催して名誉教授も受けず終はりぬ

裸婦像

睡蓮の浮葉みどりを濃くしつつ花には早き六月の冷え

睡蓮の花には早き池の辺に石膏の裸婦愁ひ佇てるも

池の面に影映し佇つ石膏の裸婦の捧ぐる籠曇る午後

夕暮れは内庭にはやく訪れてひそまりし時を裸婦ひとり佇つ

女生徒の共同製作の裸婦ひとり描く佇ちしままにめぐる季

表情の見定めがたく佇つ裸婦か薄暮の校舎巡りゆけるに

花菖蒲黄に咲けるのみ内庭の緑蔭ふかく佇てる裸婦像

見るたびに表情変はる裸婦ひとり校舎にのこし日直終はる

あやかし

降ろされていづこと知らぬ道の端なまあたたかき風の問ひくる

大まかなる地図を頼りの迷ひ路袋小路は真空地帯

わが影を前に押しゆく舗装路の極まるところ川音たかし

あやかしは住宅街を領しゐて雛罌粟の花と化して揺れをり

またもとの道に戻りて右顧左眄するを嘲笑《わら》へる風のあやかし

そこよりは右へ曲れと言はれきて右へ道なし左へもまた

訪ねゆく時も過ぐれば風待たず雛罌粟の花目の前に散る

雨粒のにはかにふえて夕立に搦めとらるるわれとわが影

夕宿に凌霄花《のうぜんかづら》のはな落ちて小学生の群れの入りくる

敗戦記よみ継ぐ夜夜の窓近く暴走しゆく若者のこゑ

沖縄の戦ひの手記読み終ふる無風熱夜の闇の深きに

台風来

岡崎義恵先生

雨風の募りつのれど供華もちて墓地に入りゆく八月六日

水漬きたるところを避けて進まむに道なき墓地を襲ふ台風

霊園の樹木揺れ揺れ雨風の中の墓参に集へるわれら

雨風に揺るがぬ先師のみ墓とも頼みて供ふトルコ桔梗《きちかう》

むらさきのトルコ桔梗の花の色洗ひ流さむ激しき雨は

濡れ濡れて額づく墓前七年の月日のいつしか流れ去りしと

供へたるトルコ桔梗の項垂《うなだ》れてをののきふるふ雨風の墓

トルコ桔梗墓前に供へ去らむとす心残りのむらさきの色

一九四五・七・一〇　仙台大空襲

落ちてゆく眠りの底にとどきつつ我が名を呼ばふ声のまつはる

呼ぶ声に払ひ切れざる夜の眠り払はんとして疲れてゐたり

我を呼ぶ声払ひつつ落ちてゆく眠りの底ゆ引きもどされつ

〈空襲！〉の叫びはげしく家鳴りするうつつの闇の中にはね起く

真向かひの中学校の音立てて燃え上りつつ炎を伸ばす

赤き舌無数に伸びてきほひつつ天をも地をも搦めんとせり

裏庭の防空壕はわが前に崩れ埋りぬ入らんとするに

赤きバケツ提げ来し主婦の棒立ちになりて声なき土色の面

隣接の陸軍衛戍病院の塀越えあまた白きもの舞ふ

口口に逃げ道を問ふ白衣の士答ふる間なき波状攻撃

頭巾よりしたたる水をそのままに駆けぬけむとす炎の街を

火たたきを打ちふるふ影眦《まなじり》にとらへたりしも一瞬にして

避難路と定めおきたる行手はや猛火うづまく赤十字病院

絶望の声にはならぬ思ひもて幾度道に伏しまろびつつ

あやふくも火焔地獄の一夜経て見知らぬ人に茶をふるまはる

身を寄せし下宿の主婦の生死さへわからぬままの焼跡に佇つ

人はみな影のごとくに行きまどひかたみに声を喪ひゐたり

美術部合宿

豪雨しきり御前社《おさきやしろ》の大太鼓せん方もなき海に響かふ

幻聴の霧笛か白き灯台を雨閉ざすときかすかに聞こゆ

赤き帽子雨に冴えつつ写生する少女あり巌に吹き上ぐる潮

八隻曳・平棚などと呼ぶ巌場黒く光りてしぶきを上ぐる

晴るるなき唐桑の海少女らは失望の色を画布に塗りゐつ

ひねもすを雨中の宿に画布立てて少女らの描く灰色の海

暗く鈍き海のみにして少女らのカンバス並ぶ雨の合宿

とりどりの洗濯物をかけわたし雨の閉ざせる少女らの宿

降りこめられクロッキーする夜の少女姿態さまざまの交代モデル

晴れに雨に変はらぬ声の少女たち共に暮らせばかすかに疲る

暁のひそひそ話遠くより近づきふいに覚めてしまひぬ

晴れ晴れと陽の照る碧き海を見ず少女らの雨の合宿終はる

赤信号

赤信号点きたるままの街のかど闇とどろかせ牛車《ぎつしや》あらはる

檳榔毛《びらうげ》の車疾走し去る貴人《あてびと》乗ると見入るまもなく

牛飼ひの鞭銀いろにひるがへり朱雀大路の闇に紛るる

いつの間に朱雀大路の闇に佇つ赤信号の変はる待ちゐて

このさき

「このさきはゆきどまり」きつぱりと幼き文字に戻る夕映え

鳴かぬ鳥飛ばぬ鳥飼ひ白色のシャトー入居の家族のひとり

磨き終へて壁にかけたる包丁の影のしづもる夜のメロディー

大学の園芸部員の薔薇の花梅雨おもおもとなべて悩める

緑色のグレープジュース氷片を浮かべ苦杯を溢れしめつつ

朝あさを喪の色に咲く罌粟の花女あるじの籠る館に

夏空の奥より湧きしグラマンの機銃掃射の逸れし日のこと

雲の峰崩れて黒き雨などの子らの未来を閉ざすなかれと

山椒魚の子ら

覗きみる円く小さきうつぼ沼棲家となして生くるものあり

山陰のうつぼ沼こそかなしけれ山椒魚の子ら深く棲み

あめんばう・みづすましらに交り棲む山椒魚の子は蝌蚪に似て

夏の日の届かぬ沼の冷たきに山椒魚の子は生まれつぐ

山風の通へば小さき沼に棲む山椒魚の子も安らはむ

ひっそりと黒装束の子ら棲みてあした夕べの雲にたはむる

ぽっかりと浮かびし雲の縁に添ひ山椒魚の子のみじろぐを

山陰のうつぼの沼の暮れはやく小さきものを眠らしめつつ

ときのまに流れて消えし星一つ山椒魚の子の目の前に

よそ目にはこよなき棲家沼底の濁りはてなき愁ひは知らず

沼の面に漣立つる山風の響きの中に過ぎゆく月日

夏旅

夕光の伊良湖の岬さびしきに舟寄せしのみ心寄せしのみ

下り立たず別れし岬曇天にまぎれて遠き夏旅にして

突堤に荷下ろしただだに引き返す舟にゆらるる伊良湖水道

神島の近づきやがて去りゆくに夕光の中の灯台白し

何の鳥と見定めがたく飛ぶもののありて伊良湖の岬くもれる

秘密の箱

箱根路の温泉《いでゆ》の夜ふけ濃き霧の中のうつつか夢かもわかぬ
のぼりゆく箱根の山に霧ながれ流れ入りくる胸の深所《ふかど》に

大幹を蔽へる苔のぬれぬれと色ます霧の箱根山路は

畑宿の寄木細工の秘密箱買ひて入れむは秘中の秘密

十二たび動かしのちに開《あ》け得たる秘密の箱を閉ぢわづらへる

晴れ間

放埒にのびゆくものを疑へば梅雨の晴れ間はひとときばかり

からまりて伸び放題の蔓草よ断ち切るすべを失ひしまま

待ちゐたる梅雨のわづかな晴れ間にもラジオは暗きニュースを流す

廻送車つながりゆけば空低く行方もしらず立ちこむる霧

茫然とたちゐるわれをしり目にて〈今日〉といふ日の音立てて過ぐ

生きつぐもの

秋天を高しといへど人みなは這ふがごとくに生きつぐものを

何事か求むる仕草してゐたる秋の小庭の白き毛虫ら

態変《さま》へていづこに行きしものならむ白き毛虫のこの頃見ぬは

毛虫らの変化《へんげ》しなほも止まるや何ごともなき庭と見ゆれど

秋日足るこの山道は行き止まり狐花群燃えゐるばかり

一鳥も啼かぬ山辺の狐花群れゐるさきは進入不許可

秋日をも弾く立札人間はひとりたりとも入れぬ構へに

太古より人の学びこしものは何ぞと問へど梔子《くちなし》の花

斎ひ花

何事を斎《いは》ひてあるや門の辺の水引草の今年も咲ける

赤き小花無数につけて斎ひつつ水引草の待ちてゐるもの

オルゴール鳴らし集塵車の遠ざかる水引草をふるはせながら

斎ひつつ日頃は過ぐれ水引の草につれなき台風予報

夕風の中を呼び合ふ童らの声ごゑに揺るる水引草は

水引草かすかに揺らす夕風の訪ふ声を聞きとめゐたり

門の辺の水引草は花つけて小さく紅きそれぞれの夢

秋さりて水引草の紅き花小花といへど紛れざる夕

水引の草の夕闇いやましに思ひつめてもかなはぬものを

闇の夜をしづかに眠れ水引の花に宿らむ露もろともに

この町の夜更けを守る外灯の水引草に及ばぬ嘆き

飲食《おんじき》

ずんだ餅ガラス小鉢に盛りわくる野分なごりの樹樹揺する風

粉をふきし干し柿あまた出荷する甲斐の山山夕映えのとき

地下室の小暗き隅に醸さるる花梨の酒の色も香もます

中国の土産に賜びし夜光杯葡萄の美酒にはやくも痺るる

厨辺に蜆つぶやく日本に高度情報化時代来らんとして

霖雨

いはれなく心圧する便りもちて暑熱の日日に堪へしことども

心なきものと思はず秋霖の日日苦悩する金魚の姿態

晴るるなき秋霖の日日暗き部屋に金魚とわれと沈み果てにき

くらき藻の陰に沈みて苦悩する小さき金魚のいのちといへど

いつの日に晴るる心か小さき命ひとつ消しつつ秋霖の窓

秋日の庭に鶏頭の孤影あり明るみてゐつ窓も心も

窓ガラス神経質に磨かれて幾日振りの秋空映す

人厭ふ心秘めゐてふるまへば秋は不遜の日の暮れ迅し

少年の病室

しやぼん玉日に幾度も吹き上ぐる少年の窓のうすひかりかも

少年の吹き上ぐるまま長月のしやぼん玉しばし光りては消ゆ

少年の夢あをければしやぼん玉あをき光を吸ひて漂ふ

少年のしやぼん玉なれば長月の冷たきいろを時に欺く

しやぼん玉管を放れむときのまを少し歪みて抗ふらしも

しやぼん玉間なく隙なく吹き出されせつなきいろのまさめに消ゆる

滞空の瞬時を争ふごとく消ゆ少年のなほも吹くしやぼん玉

吊されしリボンの金魚少年の昼をさみしみ向き向きに揺れ

輪ゴム撃ちの少年は名手吊されしリボンの金魚を放る幾たび

ピノキオのかたちの時計たえまなく足揺らしゆく少年の野を

けがの足引きずり歩む長月の少年の野は待ちて匂はむ

木犀の香

軒灯のともらぬ家に帰りきて木犀の香に迎へられたる

抜きん出て伸びて張りたる枝枝に金木犀の花は満ちゐつ

木犀の香りを入れむ窓ひとつ夜半に開くもひそやかにして

この町の眠りはさらに深まらむ木犀の香にあやされながら

清朗の秋めぐり来て木犀の花の香りの中に起き伏す

荒浜海岸

台風に荒るる海見む荒浜と名づけられたる海見むと来し

終点にバスを降りしはわれらのみ荒浜に荒るる濤の寄せゐつ

雨風は身を細うして砂浜をよぎらむわれらの意志を断ちくる

悲しめる水平線は遥かにてテトラポッドを噛む白き濤

猛りつつ狂ひのたうつ海の神その激しさと冥さに酔へる

「猛犬」の札

門口に「猛犬」の札さがりゐて尾花の招く夕ぐれの家

夕暮れの遠巻きにしてみつめゐる古びて下がる「猛犬」の札

「猛犬」の声聞きけりと見けりとふ噂の中の夕ぐれのいろ

やすやすと尾花の招く夕ぐれに隠ろひゆくや「猛犬」の札

人の世の委細は知らず夕ぐれの濃くなりやがて闇に入りゆく

受難の花梨樹

新築の記念に植ゑし花梨樹の月日過ぐれば枝葉繁らす

添へ木してやれば真直に伸びゆきて花咲き青き実を太らすも

世の人の賞むれば門の花梨樹は勢ひづきて枝葉を伸ばす

四・五十か数へがたかる青き実の高き葉かげに太りゆく夏

台風の一夜襲ひて丈高き花梨の幹を折りて倒せる

濃くなれる葉蔭に稔る青き実をあまたつけゐて倒れし花梨樹

この花梨幹に刃物の跡ありと折れ目調べて植木屋の言ふ

台風にあらず花梨を倒せるは冥きこころと知る夕べにて

台風の襲ひし暗夜一刀の鋭く光り花梨を倒す

台風のしわざに見せて花梨樹を切り倒したる真意はどこに

暗黒の嵐の中に光りたる稲妻よりもするどき悪意

花梨の実盗まむとにもあらざらむ深手負はせしゆゑを知るなし

おぞましき心持ちうる人の世のわれもひとりか闇に潜めば

嵐去り朝明けの門に仰ぐべき花梨はあらず空晴れたれど

なにものか鋭き刃にて切りつけし半死の幹にのこりたる枝

頼むべき親喪ひし児のごとく細枝のいのちかそけかりしを

倒されし花梨の細枝窓近く植ゑかへ守る心となりぬ

いづくまで伸びゆくならむ花梨樹はいまだ幼く風に撓へる

花梨樹のうす紫の小花よりひろがりてゐる昼のさみしさ

訪るるものなき昼は花梨樹のこころも萎えて影を揺るなし

駐車場に降りて佇てば排ガスをまともに浴ぶる花梨の若木

苦渋のいろ見することなくしなやかに伸びゆくものは花梨の若木

目に見えて伸びゆくらしき花梨樹をひとり棲まへば頼みとなして

若者の声

解体の論理はげしき若者の声秋風に流れゐつ今日も

川一つ越えて町まで流れくる若者の声〈闘争勝利〉

いはく「解体」いはく「粉砕」「決戦」と文字ゆがむ秋の大学の庭

集会の終はりし庭の一面に紙屑散れる秋の大学

稚拙なる文字ゆがみつつ大学の危機を伝ふるビラ風に鳴る

時雨する青沼沿ひの道はただ寡黙に人を行かしめにつつ

青沼に秋の終はりの色を見ぬ人それぞれの思ひ抱きて

闘争も厳しきものと音立てて時雨の過ぐる青沼の道

語気つよく言ひ切りし悔いどこまでも秋の時雨の道つづくなり

言ひがたきこと言ひ出でし夕べにてざわめき遠く温泉に浴す

手の届くほどの近くに虹立つを夕べの草生の哀しみ深し

黄葉の道

黄に燃ゆる銀杏の大樹朝ごとに通ふ少年の丈伸びてこし

黙黙としてロードワークの選手らの曲りてゆける黄葉の道

ひそまりて水面に浮かぶ影もなし今年納めのプール見下ろす

晩秋の雨のコートよ球二つころがりしまま放課となれる

やうやくに静寂と闇と訪るる校舎巡回の音のみ高し

一本の傘に身を寄せ少女らの饒舌がゆく秋雨の道

午後の時告ぐる〈荒城の月〉の曲土曜の雨の空ふるへゐて

わが行手予断ゆるさぬ危ふさに赤きランプの点滅つづく

心ごころに

ベランダの手摺つめたき秋空に二葉をいだす鉢の朝顔

汽笛遠く消えゆく夜を朝顔の秋のいのちに対ふすべなく

わが強ひしことにはあらず逝く秋を辛く咲きたる朝顔は白

深みゆく秋も過ぎむと青ざめて白き朝顔辛く咲きつぐ

秋の句碑ひつそり立たむ寂しさに朝露の道を訪ねゆきたり

この先に句碑立つ指標露にぬれわびつつ通る道のありける

これよりは露しげき道と戻りきて秋の吊り橋揺れゆれ渡る

晩秋の吊り橋強ひて揺らしみつ一つの思ひ払はむとして

心ごころに秋の思ひは秘めしまま吹き立つ山の湯に対ひ佇つ

蕭条の秋といへども時ありて山の出湯に温もるはよし

遠野

早池峰の山に通ずる古道といへどいづこも雨風の中

半ばより折れし古木の怪めきて城址の主はこの雨と風

礎石わづかに草生の間に見えがくれ本丸御殿址の雨風

突風に攫はれし傘山口の部落の道をころがりてゆく

目に見えぬ狐狸妖怪のしわざともころがる傘にすがらむとして

砕石を敷きつめし道行き悩む心の隙を突風の過ぐ

河童淵たづねて雨の常堅寺裏手に小さき濁流ありき

この淵に河童はいまも棲むといふ駒引き入るる咄《はなし》など聞く

権現の山登りつめ見放くれど遠野の空に雨足しげし

あやかしの遠野の里に夢みむとすれど募れる雨風の音

ふくれたる腹に清酒を充たしゐる幼き河童を連れ帰るのみ

遠野再訪

赤羽根の峠路にして月いづる頃となりたる遠野の旅は

前をゆく国鉄バスの見え隠れ月の峠路幾曲りして

赤羽根の月の峠路バス降りてゆく人影か山の深きに

杉木立わづかに月に面見せて黙しつつ山の夜に入りゆく

十日余りの月昇りくる峠路曲り曲りて恋ひゆく里か

山深く入りて不思議に遇ひしとふ咄さまざま伝へこし里

再びを訪ねて渡る秋の日の遠野の里の猿ヶ石川

茂りたる枝葉の間の秋の日と礎石の下に嘆く虫の音

サルビアの花群燃ゆる午下り遠野の里に立ち迷ひゐつ

早池峰の山に通へる古道と思ひ辿れどむなしきごとし

河童淵秋の光と遠き世の奇しき咄を浮かべ流るる

秋の水頭上の皿に湛へつつ河童こま犬幼く対す

民宿の曲り家秋の日に干せる蒲団ふくらみゐたるところに

不思議なる咄伝ふる山里の秋日みじかき別れとなりて

大墟古鎮　中国・広西チワン族自治区

まぼろしかうつつかわかず千年経る古き家並は小春日の中

千年の歴史の町に見えかくる幼児・老い人・石ころの道

覗きみる暗き屋《や》の内千年の埃つもりてゐるやは知らず

異国《とつくに》の女と知るや知らざるや媼の抱く幼児の瞳

千年の月日流れて皺深き媼の手より求むる根付

皺深き媼の手より求めたる根付は堆朱小さき木靴

幼児を媼に預け若きらの戻る夕暮れうつつの灯《ともし》

さまざまの木靴往き交ふ千年の時の流れに耳を澄まさむ

千年の時の流れのゆるやかになほ千年につづかむ町か
うつつなる陽の照らすとも翳るとも変はらであらむ町に別るる

転居　昭和三十七年塩釜より仙台へ

新しき白壁の部屋うそうそと寒風は一夜めぐり吹きける

寒空にバス誘導のこゑ細しどの窓もカーテンを引く団地にて

心をも移さむ住居寒の陽の昇るに没るに頼まむとする

かつて厳しく追ひし影なし夜の階をうつむき昇る靴の音のみ

ぴつたりと扉閉ざして引きこもるなぜに不安の影ある世界

たしかなる間隔おきて点滴の心を打つに義務感来たる

沸騰し蓋あぐる鍋持ち悩みあわてふためく仕草あらはに

やうやくに事整へば住み馴れてゆくべきものか寒の陽の没り

公務員アパート

そこばくの家具は初冬の陽の中にありて問ひくる問ひのきびしも

黒革の応接セット陽を吸ひて甲斐なき明日を待つといふにか

そこばくの家具といへども移ろへる冬陽の中に意志もつごとし

壁により責むるはやすし日を経つつわづかに残る意志すら失せて

青ざめし壁に阻まれつぶやきの言葉とならぬ白菊の花

雲低き一日の終り不用材あかあかとなほ燃えつづけをり

冬の日の無人の部屋のベランダと知りて遊べるものの痕跡

不確かなるままに説きしは昨日にてはじめての冬越さむ浜木綿

夕暮れは研究棟の部屋部屋に灯ともしながら遠ざかりゆく

夕空の思ひがけなき荘厳のうつろふビルの窓といふ窓

降りゆきて独りの客となりしまま暗闇の坂あへぐ終バス

凍みてゆく空のけはひにネオン消ゆ明日を恃める心はありや

室温の上れる夜は窓越しにネオンも潤《うる》む遠き街なり

街空にネオンの光確かむる四階に住む日課となりて

救急車夜をかき乱し過ぐるとも大戸冷たく店閉ざしゐて

どの店も大戸を下ろし冬の夜の測り知られぬ孤独に入るも

ネオンサインむなしく空に明滅し実体うすき夜のはじまる

街角に焦燥の冬わだかまり通りすがりの我をせき立つ

心痛むことには触れず足ばやに通りこし夜の街と思ふも

おのづから人の心も定まれば遠きネオンも瞬かぬらし

霜月の教室の午後照り翳り病葉舞ふを術なくゐるも

翳りある人の面輪の浮かびくる夕光の校舎見まはりゆくに

かすかにも人のいきれの残りゐる教室に忘れゐし灯を消しぬ

夕光の川面を浮きつ沈みつつ流れ去りゆく時と思ふを

音立てて柿の枯葉を踏みゆけりうつつならざる秋のきほひに

乾きたるいちやうの葉音霜月の窓たたきくる風に聞きとむ

「天地有情」

躊躇《ためら》ひもひとときにして風に舞ふ欅並木の凋落迅し

朝あさを老いびとたちの掻き寄する落ち葉の量《かさ》の増えゆくのみに

手に余るボランティアの落ち葉掻き街やうやうに目覚むる時を

晩翠の草堂前の大欅落ち葉しぐれの日日を重ぬる

深彫りの「天地有情」の碑《いしぶみ》を埋めつくさむと欅落ち葉は

黄葉の散り交ひくもる並木道うはの空なる身をゆかしむる

この秋も親しき人の死に遇へり激しくも舞ふ落葉病葉

堪へきれぬ思ひのたけに身を揺りて大き欅の葉を振り落とす

降りそそぐ落ち葉しぐれに身をうたせ華やぎてゐむ寂しみてゐむ

ほほゑみも氷りつきたる仮面ぬぎ壁に掛くれば安き独り居

夜更かしを慣ひとなしてはかなかる思ひにゆらぐ冬の灯

姑亡きあとに　鞆の浦にて

くらき土間に入らむに掛かる啄木の暖簾贈りし日の遠からず

宮城野の萩の根づきて咲きたりと姑《はは》の便りを読みし日のこと

鉢の蘭並ぶ露台のぬくもりに姑の声音の蘇りくる

海風にまぎれぬ姑の声尋《と》めむ露台に紅き西洋葵

香煙をたやさぬ日日のおのづからうつろひゆきて山茶花は散る

洗濯槽もの憂く動き弔客の去りたる家のにはかに広し

七星の天道虫のすがりゐるシーツ渇けり姑亡き家に

あれもこれも燃やし燃やせば初冬の姑亡き家に入りこむ煙

亡き人のよろこびをりと灯明のまたたくに告げ弔客去るも

弔問の客遠のける夜夜をテープに姑の声蘇る

蘇る祖母の声音を頭垂れかしこみ聞くは男孫たち

丹精の鉢大方は分けし夜の露台を広み遊びゐるもの

かすかなる鈴の音する夜の露台遊びゐるものを思ひつつ寝る

のこりゐる皿も小鉢も数多し片づけ果てむ思ひに堪ふる

強風注意

落ち葉旋風われを巡りて昇りゆき昇りゆきては幾たびか果て

真四角の中庭まろく風起こり無尽蔵なる落ち葉の乱舞

貼りつけば引き離さるる落葉の身も世もあらぬ秋の悶えは

ふいにものの覗くけはひに驚けば赤き気球の遠ざかる空

逃げてゆく赤き気球は気を変へて向かひのビルを覗かむとする

上空の冷たき風に使はれてビル訪問にせはしき気球

取り立てて異を唱ふるにあらざれど照り曇りつつ午後の会議は

水滴のあとつけしまま窓ガラス明るみゆくに会議長びく

心にもなき言挙げをかなしめば薄よごれたる空の広がり

ブルドーザー土ならしゆく騒音に雲低くなる午後の校庭

路地消失

防火用の赤きバケツが冬空を運び去りたる空つぽの路地

どの家も閉ざし奇妙にしづまればなぜか濃くなる路地の夕闇

見も知らぬ冬枯れの路地ふいにして礫《つぶて》のごとく視野よぎる鳥

かすかなる明かり洩れゐる一ところ行く手はいつも縮まらぬ距離

氷りしまま竿に下れる古浴衣路地の出口を通せん坊して

白きもの舞ひ初めきて一ときに積りて路地を消しゆきにける

夜の闇に雪片霏霏と舞へるのみ西も東も見定めがたし

路地消えてただ雪原の夜は更けぬ満天の星しきりに降りく

夜更け

群れなして美《は》しき化生《けしやう》のもの棲めるうつつの光差さぬ城閣

泉鏡花「天守物語」

青ざめし武将の首を舌長き老婆の舐むる冬の夜更けは

獅子頭青きを被り舞ふ姫も光と闇の隙《ひま》に棲みゐて

黒ぐろと枯れ細り立つ街路樹の末に寝待ちの月凍りゐつ

ひしひしと凍れる夜気の襲ひくるバス停に待つはわれのみにして

わが影の凍れるままに時経なば遠き灯も消えむとするか

足音をひそめて夜更けの階昇るわれと寒気といづれか早き

み仏は小さきながらに端正に待ちていませり夜更けの部屋に

街空の虹

虹の色濃くなりゆくと声揃へ赤橙黄緑それ青藍紫

虹の橋誰《た》が渡りゆくときならむその七色のいや増す見えて

虹の橋ある日の空に七色の濃くなるままに消えぬとあらば

虹の脚たしかめむとぞ少年の駆けゆきしまま帰らぬ話

冬の虹かかれる街を誰もたれも瞳優しくなりて行き交ふ

不毛の窓

木枯しは人の心も枯らしつつ不毛の窓を激しく叩く

書籍みな揺りつつ我に問ふごとき夜更けの地震のふいの訪れ

花瓶のすがれし菊をそのままに経る怠りの日日空低し

暮れはやき街角に佇ち募金する少女らの声をさらふ寒風

探照灯むなしき空をめぐりゐつ繁栄の町の夜を展かむと

戦ひの記憶をもちて夜よるを探照灯のめぐる街空

押されつつ押しつつ生きて犇《ひし》めける年も終はりの街の雑踏

上弦の月濁りつつ移ろふを犇めきて暮れの人垣つづく

尖塔の時にきらめく哀しさも人垣つづく街角のもの

訪ひくるる者なき暮れを籠りたり遠つ入陽のつくづく赤し

漂へる心のままに時過ぎて遠き入り陽をかへす術なく

受験期

夜半の窓に水滴白く凍りつき物の象《かたち》も映さむとせぬ

零下八度の寒気壁より伝はりて夜半の思ひのとどこほりゐつ

立ち直る否やは知らず凜凜と寒気身にしむ冬に期待す

冬こそは充実の季と教室に語りつつ期するものには触れず

雪帽子投げ捨てられしまま冷ゆる部屋に寡黙の少年の坐す

二重カーテン閉ざし寡黙に学びつつ少年の日日ひらけゆくらし

大学の庭くらみつつ積る雪悩める娘《こ》らの受験期迫る

フリージヤ活け暖められし室ありて口ぐちに論ず「遠き戦ひ」

定まらぬ心に二月は過ぎゆきて夜深き地震《なゐ》に揺られてゐたり

かすかにも揺り上げきたる地震ありて夜深き花のこぼれむとする

受験期を堪へこし娘らを迎へつつ辛夷の花は瓶にひらかむ

仙台の冬

雪空のかなたに淡き陽はあれどもはや届かぬ窓を閉ざせる

朝明けを訪ひ来しものの足あとの雪にのこれる線条模様

足あとはドアーに来たり外《そ》れゆけり告げむは何ぞ吉凶いづれ

髪の末そがむと坐る美容室鏡の中を乱れ降る雪

政治改革法案決着けふあすと日すがら雪の乱れ降るなり

うつせみの身は大方に事そぎて降りくる雪をただ纏ふのみ

神棚の笛の梟そのまろき瞳のひたと見詰めくる夜よ

「夢」の文字掲ぐる部屋の闇深し救はれがたき世を頼みゐて

郵送料不足の分を払ひ受く遅れて届く期末リポート

戌ならぬ戌と記せる堤焼《つつみやき》小犬購ふ仙台の冬

出席簿の姓と名とを呼び上げて言葉にならぬ別れをする日

魯迅留学七十年

カーネーション赤き花輪の魯迅碑に供へられゐて陽の沈む森

魯迅碑にひた向かひたつ若きらの思ひをよぎる枯れ葉いく枚

風に乗り〈オクラホマミキサー〉流れきつ魯迅碑の森黒ずみゆくに

仙台に学びし若き日の魯迅学業成績も展示されゐて　東北大学史料館

魯迅碑の森の枝えだ透かし浮くうつつともなき遠ビルの窓

「日中不再戦」と記しし杭をかたはらに魯迅の森に陽のうつろへる

魯迅碑に佇む人の多き日よ舞ひ落つる葉のひと色ならぬ

夕闇のうしろに迫り魯迅碑の碑文はすでに見定めがたく

夕闇の森を蔽はむ時の間を碑面に浮かぶ横顔の君

紹興に若き魯迅の学びゐし三味書屋を訪へるも遥か

ゆるやかに煙地に這ふ城址のままならぬわが秋の日暮るる

朝の風船

人通りいまだなき道青ざめし風船ひとつ漂ひ寄れる

青ざめし朝の風船をさな子の丈に浮きゐつ糸垂れながら

近づけば懐《なつ》くがに寄る風船のさまよふ朝の歓楽地帯

白けたる陽のやうやうに差しこむる歓楽地帯に人影はなく

歓楽の夜を過ごせし連れいづこ朝の舗道にのこる風船

鴉など見つくればつつき破らむを幼き頭揺する風船

大空に昇りゆく夢もちしまま地をさまよへる風船青し

さまよへる青き風船そのままに過ぎむはかたし過ぎざるもまた

安全都市とは　阪神・淡路大震災

踏みしむる大地不動の錯覚は夢より迅く破れはてたる

大地震に崩れはてたる建物を埋もれゐる人を舐めゆく業火

崩壊の底に埋もれし人びとの生死わけたる見えぬ手ありしや

最高の技術成果の高速路橋脚ともに倒れし映像

空襲の跡と見まがふ被災地の空傾きて降りくる寒雨

人間の繁栄といへど大地震のふいに襲へば瓦礫と化すを

鬼のわざはた魔の爪か人間の智力を越ゆる破壊のあとは

人間の築ける都市の栄光のたちまち失《う》する大地震の朝

究極の安全都市とふ空手形なほ振り出だす人間世界

夕焼けに浮かびてゐるは虚飾都市砂上楼閣と気づきゐたれど

黒き染み

淡き陽の薄れむとする夕空にみるみる黒き染《し》み滲みくる
黒き染み数をましつつ夕空に思ひのままの乱舞となるも

夕空のかなたに滲み数ませる確かめがたき黒影にして

放埓に舞はしめやがて夜に入らむすべなく遠き空の鳥群

ゆゑしらず黒き鳥群舞ふ夕べぎしぎしと鳴る戸を閉めに立つ

夕暮れの窓閉ざすとも高空の群舞はてなき夜につづかむ

いつはりの心の影か舞ひ出でし黒き鳥群空を蔽へる

ヒッチコックの「鳥」の恐怖をまざまざと思ひ浮かぶる遠空の舞ひ

蹤きくるもの

夕暮れの大学広し蹤き来たるものの真意や足早めゐつ

見まはせど草生は枯れて夕暮れは彼と我とをつつまむとする

近道に選びし草生夕暮れて思ひのほかによぎりかねつつ

自動車道かなたに見えて達しがたし蹤きくるものの黒影は何

擲《なげう》たむ石だにあらず手に触るはむなしく枯れし草生のぬくみ

振りむきつ振りむきつ道に出でくればすでに草生の影暮れ果てて

蹤きたるものの真意を疑へど草生の闇は濃くなるばかり

無灯車の耳をかすめて去れるのち取りのこされてわれの闇あり

戦中を

長き列に並びて得たる一椀のうすき汁粉に浮かびし苦渋

足さぐり手さぐりしつつ図書館を出づればさらに冥き町空

漆黒の闇少しづつ押しゆけど押しかへさるる闇のただなか

暗闇の底をひそかに動きつつ影をのせゆく間遠き電車

もろともに息ひそめつつ町まちは遠き夜明けを探りかねゐつ

うき世

何を売る店かも知らず若者の開店を待つ長きその列

わづかなる食《じき》を求めて並びたり戦ひの日も敗れし日日も

戦ひに明け暮るる世に咲き満ちて散りし桜の限りなかりき

今はまた何を求めて並ぶにか若者たちの朝光の列

不況といふ風吹き通るこの街の三日見ぬまに変はる店みせ

底抜けに明るき店舗品揃へ百円ショップの客の入りよし

物を言ふロボット増えてゆくうき世測りがたきか前世の縁は

腹立たしき思ひのこれどこれの世にロボットの指示に従ひ求む

追剝ぎは背高き若者三人と噂は走るすばやく走る

追剝ぎは山賊野伏の類ならず格好つけたる若者みたり

追剝ぎの出でしはいまだ宵の口わがうかうかとつね通る道

褪せぬ月日　塩釜の旧居

幾度か往き還りせしこの道に今はその世の影さへ揺れぬ

泥濘に下駄の鼻緒を切りし日のうつつなりしか白き鋪装路

鋪装路は乾きて白し行きゆきてかつて棲まへる門に出でたる

鉄門は崩れながらに堪へゐたり通さぬ意志のかなしきまでに

玄関へ導く石の飛び飛びにありしも草に蔽はれてゐて

みちのくのこの塩釜の片ほとり若きふたりの棲まひのはじめ

能因*の歌碑立つ野田の玉川の細き流れのありとしもなし

*ゆふされば汐風越て陸奥の野田の玉川千鳥なくなり

みちのくの野田の玉川近き家玉川堂と興じゐたりき

玉川堂と菓子舗のごとき命名ををかしと訪ねくる人ありて

夕風にまぎれぬ声は童らの庭かけめぐり樹樹を揺すれる

男の童離れの幼女とままごとの蓆《むしろ》の上のもてなし言葉

うらうらと日の満ちてゐる広庭に童らは短き影を伴ふ

柴犬のシロは幼き声あげて威嚇してゐつ客人《まらうど》たちにも

広庭は童も犬もそれぞれの仲間加へて日暮れを知らず

三輪車乗り馴るるまで広庭をまはりまはりて飽きぬ童ら

大型犬ジョンは吠えねど夜よるを窺ふものを近づかしめぬ

夜よるをジョンに守られ安寝《い》する近隣遠き畠中の家

畠中に孤立する夜を犬たちのみじろぐけはひありて眠れる

頭下げ攻撃せむと向かひくる牡山羊は梨の木に繋がれて

繋がるる牡山羊はあかき目を向けて通らむとするわれに挑める

前生の我と牡山羊は讐《あた》かたき尽せぬ業《ごふ》をもて相対す

家主の裏畑に飼ふ豚のこゑ臭ひに馴れて育つ童ら

童らの出入りしたりし小さき穴ここぞと風の通ひゆくなり

畑中の物干し竿にあまた干す襁褓《むつき》乾きて陽を吸ひやすし

白椿数へ切れざる花の首おとすは春のあをき夕ぐれ

白椿一樹の闇の深ければ隠れ鬼などゐるやもしれぬ

隠れんぼ樹樹の茂りて童らの見えがくれする永き春の日

古井戸に清冽の水のこれるや積れる月日汲み上げて見む

古井より汲めばきこえむ若者ら相集ひては論議せし声

軒先の林の鳥を眠らせぬ若き論議に夜を更かせゐつ

寝しづまる真夜こそ覚むれ鼠族らは天井裏をかけめぐるなり

鼠族らの大立ちまはりありとても童の安寝さまたげられず

蔵《しま》ひおきし古き手紙を食ひ破り巣を作り子を生みたる鼠族

裏畑の山羊、豚、牛馬、庭鳥の声ごゑも刻みわが月日過ぐ

立ち枯れの樹木の間に見え隠る褪せぬ月日を振りかへりつつ

うつせみ

学友　阿部武彦氏を悼みて

この世よりあの世につづく花の道羽織袴の君辿るみち

咲きみてる桜の花の下蔭を遠ざかりゆく君の背高し

振りむかず足早に去る君の影追はむとすれば遮る花の枝《え》

西行と季を同じうして君逝けりあるいは君の本意ならむか

花蔭に君の笑顔の消えざらむ季うつるとも年は経るとも

烏合

烏合の衆と嗤《わら》はば嗤へ鴉らのあまた集へる春の河原に

差し迫る議題は何ぞ一族の住居問題・食糧事情

ごみ置場整備さるれば鴉らのつつき破りて得む食もなし

悩ましきは日本の政治この国の行く末思へば無為に刻過ぐ

結論は持ち越され散会となりたるや春の河原を飛び立つ鴉

命ありて

命ありて優しき花に招かるる白木蓮のつづく並木路

青空を吸ひ取らむとて花ひらく白木蓮の並木閑けし

それぞれの意志をも意地をも持つごとし木ごとに花の早き遅きは

かなしみはいづこよりくる白木蓮《はくれん》の並木は大き花を抱きて

白木蓮をひそかに訪ふは誰ならむ木蔭の風のかすかに光る

月明の白木蓮に佇むは老いか若きか化生か知らず

白木蓮を供華ともなさむ大津波に攫はれゆきしあまたの霊の

必需設置

足弱の人のみならね昇降機必需設置となりて久しき

階多き家に住まひておのづからトレーニング館と強気の抗弁

高楼のエレベーターは分秒の迅きに動く世のせはしさに

エスカレーター・エレベーター・動く歩道　歩け歩けは昔となりて

デパートの階段暗く飽いてをり昇り降れる影なきままに

京菓子「ふうせん」

蓋とれば待ちゐしごとき「ふうせん」のふうはり浮かび上らむとする

「ふうせん」は箱より出でてふうはりとひとつ浮かべばわれもとつづく

京菓子の「ふうせん」たちはみちのくの空いつぱいによろこび浮かぶ

夢の空にふうはり浮かび上りゆく色とりどりの「ふうせん」たちは

いろいろの色の「ふうせん」この世よりあの世につづく空に消えゆく

夜の夢にあまたあがれる「ふうせん」を見上ぐるはこの世の人のみなりや

亡き人の集ふパーティーもしあらばこの「ふうせん」の届けと放つ

「天上の蒼」

「天上の蒼」と名づくる朝顔をこの世の垣に咲かす独り居

朝顔は青紫の色をましあまた咲きつぐこの世の路地に

望まねどこの世の路地に咲き継ぐか「天上の蒼」とふ朝顔の花

名に負へる朝顔の花咲き登り上りてゆかば天に届かむ

青紫色の花の朝顔「天上の蒼」と名づけし人を寂しむ

バリにて

人の世にかくも輝く老いありや　けふに別るる海の落日

落日を見送る人ら海辺は粛然として色を喪ふ

海辺に佇む黒き人影の沈む夕陽に細りてゆけり
今し沈む陽の余光なれきらめきて波のまにまに浜に届くは
しめやかに白波は寄す沈みゆく大いなる陽に別れ惜しみて

踊り子の黒き瞳の動くとき両手《もろて》の白き指撓ふとき

踊り子は揃ひの衣裳髪飾り揺らして黒き瞳動かす

身につけし揃ひの衣裳髪飾り撓ふ指先腰振る若さ

撓ふ指くねる腰つき踊り子の黒き瞳は闇にも動く

踊り子は十代もしや二十代疲れも知らず更くるも知らず

潮騒は痴れたる耳に届かねど海には近きホテルと知るも

ダブルベッドの端に身をよせ寝ぬるとて灯《ともし》を消せばバリの闇なり

濃紺の夜空は深し星星もこの世を遠くかなたに去りて

御目をば細めて何を視たまふや石工の店の前の仏頭

石工らの鑿《のみ》を振ひて刻みゆく白き破片の陽にはじけ飛ぶ

逆立ちの男の唇《くち》をあふのけの女の受くる石像あはれ

石工らの休まず振ふ鑿のさき浮かび出づるはみ仏の笑み

マンゴーは高き梢に群がりて実れどいまだ青きがままに

盛り塩に似る門かどの供へ花バリの花ばな寄せて小皿に

左手は不浄とされる国にゐてタブー少なき日本は遠し

左見右見

「アラッ　ここは何のお店の跡かしら」パーキングエリアに降り立つ鴉

舞ひ降りて左見右見《とみかうみ》する大鴉なにを思案の首傾くる

昼食に街に出でくる社員らの這入るは安くうまき店みせ

この町の昼を社員の選ぶ店ミニレストラン・そば処など

フランスの小旗掲げて開店す御譜代町*の一角の変

*江戸時代のはじめに岩手山から仙台へ移ってきた伊達政宗の御供の恩賞として、商売上の特権を与えられた町人町のこと。わが大町はその筆頭。

生年の記入は昭和と平成のアンケート用紙渡さるる街

みちのくの空一面の薄曇り若き姿を見喪ひたり

定まれる塵介置場に運ぶごみ独り暮らしの見ゆる乏しさ

「こちらではクラス会も盛んです」とあの世の便り来さうな夕空

友人の大方はあの世クラス会の誘ひ届かば「出」の返事を

いつしかに色も心も変るなれ触れがたきかな雨の紫陽花

達筆の扉《どあ》の貼紙「居りますよ　鳴らしつづけて」独り居の姥

折りをりに風光り過ぐ林間のカフェに語る山姥《やまんば》みたり

「日傘《サンパラソル》」紅き花ばな咲き揃ふ翳してゆかな日盛りの道

老いや誰

青春は戦さのなかにありし身の長らへて佇つ菊の花蔭

平成二十五年十一月三日　宮城県教育文化功労賞

切れ切れの浅き夢醒む届きたる喪中欠礼のあまたの知らせ

まだ生きてゐるのか　声は寒風にはげしく揺るる林の奥より

「梅幸」と署名のあれば求めたる鏡の中の老いや誰なる

いつしかに親しき友ら逝きし街われのいのちを染めて月出づ

馬が駆け兎が跳ねる鳥が飛ぶ夕暮れどきの雲行き迅し

もう少し働きなさいといふ声か九十三歳のわが予定表

生涯に二度目の東京オリンピック神のみぞ知るいのちの程は

うつせみ

吉凶は日にあらずして人にありされど婚には大安混みて

うつせみの命なれこそうたかたの世もうまさけ神をたのまむ

一日の勤めを終へて沈む陽の重たき影を引きずる人ら

辛《つら》き音立てて流るる冬の川慰むるべき浮鳥もゐず

おびただしき落下傘部隊のふと消えて夕空いそぐ鴉の群が

豊葦原瑞穂の国の米作りＴＰＰの締結如何に

招かぬに来たる雷神客殿の大屋根ゆらぐばかりに霹靂《はたた》く

張り替へし障子を閉《し》めて籠りゐむ隔て切れざる憂き世なれども

寒空は銀杏大樹の枯れ枝に突き刺されゐる痛みに耐へて

氷雪の道をこはごは辿る夜遠き灯の瞬くのみに

落日の冷たき視線転倒を危ぶみ辿る氷雪の道

飛び石をわづかに濡らし止みゐたり心のおくに沁む冬の雨

冬の門軋みて開く音のみに入りくるもののけはひなき夜

化物はいづこにもゐてEメールの文字化けに遇ふ冬の夜更けを

子の刻はすでに過ぎたれEメール夢の中にも入れと送れる

あの人もこの人もはやゐなくなりこの世の露地に咲く寒椿

杖曳けば世間優しといふ声を背にして杖をもたず行きたし

眠りの国

ひつそりと眠りの国に入らむとす夜更けの駅に待ちゐるは誰

夜汽車より降りたるもののありやなし霧の捲きゐるホームに佇ちぬ

行く先を心得てゐる運転手黒き迎車の並ぶ駅前

白きマスク白き手袋黒背広年齢不詳のこの運転手

音もなく黒き車の走り出づ誰の迎へと知るよしもなく

真直に西に伸びたる道をゆく浄土に到るや否やを知らず

闇の街また闇の町どこまでも光のあらぬまちにふと覚む

あとがき

昭和三十九年一月創刊の「彩光《さいこう》」（主宰片山恵美子）に参加したのちの作品と近作とより六四三首を自選して、第五歌集『誰彼』を編んだ。第一歌集『小女《せうぢょ》』は昭和五十年以降の歌を内容としていたので、大方はそれ以前の「彩光」や、「北杜《ほくと》歌人」（仙台の超結社の会）等に発表したものである。歌集は時代順に出版したものでなかったので、これで昭和十五年十二月に、当時日本女子大生の身で「真人」（主宰細井魚袋）に入社し、出詠して以来の作品のあらかたが繋がったことになる。個人としては感慨深いが、作品としての厳しい評価をみずからに課すれば、よろこんでもいられない。

歌集名の『誰彼』とは、人のさまの見分け難い時の意で、一日の薄暗い時間帯のことである。明け方の薄暗い時を「彼誰」（かはたれ）というのに対して、主として夕方について使われるようである。すなわち「たそがれ」と訓じ、夕暮れ、夕べの雅語と辞書類にはある。そして昔は「彼」を人としたが、今は人だけではないという。私はこの説に同調したい。そっちにいるもの、あるものは何なのか、人なのか、人でないのか。本当にいるのかいないのか。たそがれはそれをはっきりさせない。そこにたそがれの魅力があって、詠みもした。

　また、同じ薄暗い時間帯といっても「かはたれ」は次第に明るくなるのだが「たそがれ」は、だんだん暗さがましてゆくという両者に大きな違いがある。そこから、「たそがれ」を人生の盛りを過ぎて衰えの見え出した年代にも使われる。私はまさに人生のたそがれ時、それもかなり進んだ時間帯にいるといえよう。そのようなわけで名づけた。

　戦後七十年、よくも生き長らえたものである。その間多くの大切な先生・知人・友人・親族に先立たれた。今はあの世の方が賑やかかも知れない。

　カバーの写真は、たそがれのわが家の露地を撮ったもの。東向きの玄関を出て左に折れ、門扉までの南北のささやかな径である。両側に垣代の椿を植え並べ、門扉近くに白梅を配し、玄関そばに森鷗外の好んだ沙羅を、特に望んで育てた。今は大木となっている。毎年春から夏にかけて、つぎつぎに開花と散華《さんげ》をくり返すこの露地が気に入っている。

今回も現代短歌社社長道具武志氏、編集の今泉洋子氏に大変お世話になって何とか出版することが出来た。心から御礼申し上げたい。

平成二十七年十月

原　田　夏　子

原田夏子

1921年　山梨県甲府市生。東京の本郷に暮らす。
1939年　日本女子大学校国文学部入学。
1940年　「真人」に出詠しはじめる。主宰細井魚袋に師事。
1942年　日本女子大学校卒業。
1946年　東北帝国大学法文学部文科卒業（国文学）、東京へもどる。
1950年　結婚。宮城県塩釜に住み、のち仙台に移る。
1957年　東北大学文学部大学院５年修了（国文学）。
1964年　「真人」廃絶ののち、同人片山惠美子創刊の「彩光」に参加。
1970年　「彩光」を離れる。
歌集『小女《せうぢよ》』『朝市《てうし》』『生くる日』『現世《げんぜ》』
歌書『古典和歌散策』
所属　日本文芸研究会、日本歌人クラブ、柴舟会、宮城県芸術協会、宮城県歌人協会、学士会短歌会会員

歌集　誰彼

平成28年１月21日　発行

著　者　原　田　夏　子
〒980-0804　仙台市青葉区大町2-5-23
発行人　道　具　武　志
印　刷　㈱キャップス
発行所　**現代短歌社**

〒113-0033　東京都文京区本郷1-35-26
振替口座　00160-5-290969
電　　話　03（5804）7100

定価2500円（本体2315円＋税）
ISBN978-4-86534-138-6 C0092 ¥2315E